Elaine Morton lairnt an taucht leids an music afore stertin tae screive in Scots in 1998, gien a heize by the speak o friens in East an West Lothian. Life hes taen in pleyin wuidwind an bress wi a hantle groups, wavin the stick at a bress baund for 15 years, alangside daein an editor's darg for 28 issues o *Lallans* magazine. She hes been screivin sin she war 12 year auld, acause o mony days in hospital wi naething ither tae dae, sae wha kens whit wull come neist tae some furthsetter?

Les McConnell studied at Edinburgh College of Art and was awarded a graduate scholarship to study in Holland. Les trained as a teacher and settled in Fife. He has exhibited widely, including the RSA. He has continued to paint and illustrate books that have been reviewed with critical acclaim. Previous works include books by poet William Hershaw – *The Sair Road*, *Saul Vaigers* and *Earth Bound Companions* and by folklorist Margaret Bennett – *Dundee Street Songs, Rhymes and Games: The William Montgomerie Collection, 1952*, winner of the 2022 Opie Prize.

The Ithacan Sonnets

Previous Poetry Books by the Auhtor

Hamethochts 2019

The Ithacan Sonnets

Penelope tae Odysseus

Elaine Morton
Illustrated by
Les McConnell

Grace Note Publications

The Ithacan Sonnets: Penelope tae Odysseus
Published by Grace Note Publications, 2023
Grange of Locherlour,
Ochtertyre, PH7 4JS,
Scotland

books@gracenotereading.co.uk

ISBN 978-1-913162-20-7

Sonnets © Elaine Morton 2023
Illustrations © Les McConnell 2023

A catalogue record for this book is available
from the British Library

For ma brither David, wha cofft me ma erst typewriter an aye encouraged ma screivins.

Contents

Preface 1

Introduction 3

Sonnets 5

Notes 87

Books of interest 93

Translations into English, Scots and Gàidhlig 94

Preface

I cam erst tae the tale o Odysseus in bairnheid, whan ma faither read E. V. Rieu's owersettin tae me. Efter that cam the tyauve o lairnin Greek an readin the tale in the Loeb edeition wi its parallel English text as ma guide. Ither ettles follaed: tae stert wi, the owersettin by Alexander Pope an freins, then later George Chapman's, efter that the strange, short Middle Irish o **Merugud Uilix Maic Leirtis** an mair recently the Gàidhlig vairsion **Odusseia Homair** by Iain Mac Gilleathain.

Maist inspirational tho were Samuel Butler's suggestion in *The Authoress of the Odyssey* that the composer o the tale wes a lassie an Robert Graves' fictional account, *Homer's Daughter*, built on this norie. Efter daein research anent *Maighread Nighean Lachlainn* frae Mull, an *Màiri Mhòr nan Òran* frae Skye, I wes delichtit tae ken that there were female bards an mair nor happy tae screive this sequence o sangs for Penelope.

I hae gien a leet o buiks that micht interest the reader, cited some ither bards' thochts on the tale, no in ony ettle tae be scholarly, but tae stir interest in the braw canon o leiteriture that hes been inspired by the *Odyssey*.

I am indebted tae Les McConnell for bringin the poems tae life wi his braw, thochtie illustrations an tae ma guid neibour, Robin Wickes, for walin quotations frae the oreiginal *Odyssey*.

Thanks gae forby tae Gonzalo Mazzei for aa his skeely wark in settin out the buik.

Ancient Greece

Wi thanks tae Alan Grimwade o Cosmographics for the map.

Introduction

Homer's lang pome, **The Odyssey**, screeds aff the story o Odysseus, King o Ithaca an is trauchles in is wye hame frae the Trojan Weir. Is raik teuk ears an hud im fechtin agin gods, cyclops, warlocks, wracks an muckle mair asides. It hame in Ithaca Odysseus's wife, Penelope, didnae ken gin er man wis in life nor deed. Thair laddie Telemachus, wis jist a bairn whan is faither quat hame an she hud aa the rearin o'im.

Elaine Morton's cannie wrocht sonnets kythe hoo Penelope 'warselt throu thae months that turnt tae years.' Hemmed in wi suitors thit gaithered like flees she jouked thaim aa. Whill er man wis fechtin fur is life an scowth, she wis fechtin fur er bouk, er lair an Ithaca. Gin he gien is aa ower an ower agane tae win is wye hame tae the wuman e luved, she focht wi a teeger's sleekitness an smeddum, neffer gien up fur aa she didnae ken gin she'd evver see the end o'it.

Homer gied thaim the seil they howped fir. An Elaine Morton has gien Penelope whit she deserves – the cast tae gie er story frae er ain pint o view. Odysseus his hud the spotlicht ower lang.

Elaine's sonnets ir set tae picters by Les McConnell. Hir wurds an hes picters mak fir a richt seilfu mairriage.

Irene Howat, 2023

The Ithacan Sonnets

Whit faith held ye tae me?

I

Odyssey: Bk. V, 226
ἐλθοντες δ'ἀρα τω γε μυχῳ σπειους γλαφυροιο
τερπεσθην φιλοτητι παρ' ἀλληλοισι μενοντες.

Fowk whispered me no leal, but gif I were
Whit faith held ye tae me? Wes Circe chaste?
Whan fair Calypso luvesomely embraced
Your bonny bouk, did you say na, demur
For ony lenth? Imprisoned there by her
For seiven year an niver ye unlaced
Her girdled robe? Ay right! Ye'd shairly taste
Thon temptin lass, her hetsome wushes ser.
Whit o the ither nymphs ye met an mawed?
Did Nausicaä luve, for peety craved?
Why shuid a wife abstain, whit reason flawed
Gies men the leave tae wench but thinks depraved
The lass that luiks for pleasure, plays the bawd
Tae her unsate desire, is lust-enslaved?

Mim-e'ed luiks

II

> *Odyssey*: Bk. XIV, 68
> ἀλλ' ὀλεθ' ὡς, ὤφελλ' Ἑλενης ἀπο φυλον ὀλεσθαι
> προχνυ ἐπει πολλων ἀνδρων ὑπο γουνατ' ἐλυσε.

Ye courted Helen ere ye cam tae me
Alang wi aa thae ither hie-bred Greeks
Wha slavered for her, bowdin out their breeks
Wi wanton manheid; yet ye cuidnae see
Her for a fashious hizzie wha wad dree
Ainly whit pleased her, wytin aa her freiks
Upon the Gods, wi mim-e'ed luiks an sweiks
Eikin a war that gart sae mony dee.
Her faither kent her fliskie weys, else why
Demand an aith be taen, a pledge o dule
Tae sauf her, back wi sodgerin forby
Her mon gin she were reivit frae his rule:
Daft-like ye swore it, thocht no tae deny.
Ma wise Odysseus wes but a fule!

A wondrous happiness

III

> *Odyssey*: Bk. IV, 724
> ἤ πριν μεν πόσιν ἐσθλὸν ἀπώλεσα θυμολέοντα,
> παντοίης ἀρετῇσι κεκασμένον ἐν Δαναοῖσιν,

But efter, whan ye turned your luverife een
On me, we shared a wondrous happiness,
A time o hert-warm joy ayont the guess
O brides that wed for siller. Ne'er wes seen
A fonder pair wha didnae gie a preen
For onything but hamelt darg, tae bless
Oor days wi haddin house, wi fine success
The parks o kye an ploo, o seed an glean.
A gowden age it wes: at e'en we shared
Our tales o fermwark, luve, o wifely ploys.
Talk dwined as luve grew strangmaist, radge we paired
In hope o bairns tae pairtner in our foys:
Nae furder aff than hame ye micht hae fared
Had Helen tarried, had there been nae Troys.

A ferlie o a cooch

IV

Odyssey: Bk. XXIII, 184
τις δε μοι ἀλλοσε θηκε λεχος; χαλεπον δε κεν εἰη
και μαλ' ἐπισταμενῳ, ὁτε μη θεος αὐτος ἐπελθων
ῥηιδιως ἐθελων θειη ἀλλῃ ἐνι χωρῃ.

Ye biggit braw oor bed, wi wrichtwork strang
Merrit a stoutrife olive's leivin bole
Tae rance an buird, shored up wi dwang an pole
Our luve-nest's larach, doutin it wad lang
Outlest our passions, dae our liths nae wrang
In sapsie eild or help us eithly thole
The pains o caudrife age, our ease console
Wi comfort in the lownin o our sang:
A ferlie o a cooch whase secret's kent
Tae you an me alane, ma trustit bield
Throu aa thae manlorn years I grievin spent
No kennin whan your fate wad be revealed,
Gin I wad iver see ye here, god-sent
Tae gar ma hert an seil-lorn hame be healed.

14 The Ithacan Sonnets

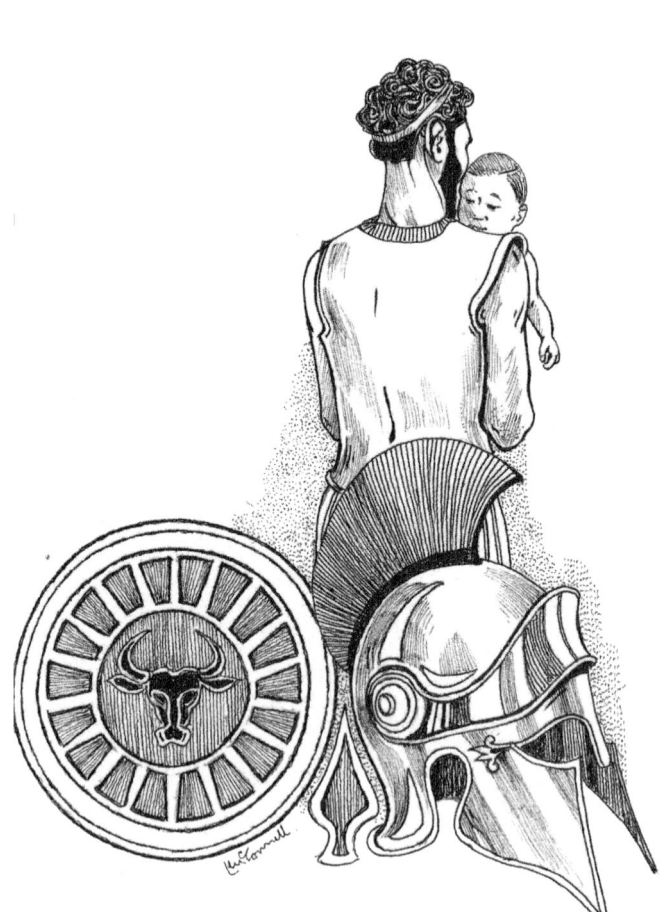

Our son cam forth

V

Odyssey: Bk. XI, 66
νυν δε σε των ὀπιθεν γουναζομαι, οὐ παρεοντων,
προς τ' ἀλοχου και πατρος, ὁ σ' ἐτρεφε τυτθον ἐοντα,
Τηλεμαχου θ' ὁν μουνον ἐνι μεγαροισιν ἐλειπες·

Hou sweet wes life: our son cam forth as croun
Tae wadlock hopes; ye marvelled, him sae smaa,
His fair warm flesh, his tottie fingers, aa
His ten wee taes, bit neb, his smirk, his froun;
An whan he grat ye cried him bonny loun,
Joked at his peerie tossel, telt that daw
O manheid wad gar lassies kiss an faa
Aneath his cantrip, that he'd bring renoun
Tae Ithaca in luve an weir. Ye brocht
The puppy Argos for his couthie fere,
Gart lad an dug be gentle friens, ye wrocht
Braw playocks for them, gied us easement, cheer
Efter the darg o day. Ye beinly taucht
Wi canny wisdom thae wha held ye dear.

A thunnerbolt frae Zeus

VI

> *Odyssey*: Bk. XIII, 291
> Κερδαλεος κ' είη και ἐπικλοπος ὅς σε παρελθοι
> ἐν παντεσσι δολοισι, και εἰ θεος ἀντιασειε.

Ye were caa'd up: a thunnerbolt frae Zeus
Cuid wreak nae waur a deed. I kent whan men
Frae Pylos docked their ship that faur an ben
Wad fashes kythe, but protest had nae uiss.
It didnae tak a wise heid tae deduce
That ye wad ettle somehou no tae len
Your strenth tae sic a weir o doutsome en,
That your kent pawkery wad find excuse,
But whan ye daft-like sowed the rigs wi saut
Wi ox an ass thegither at the plou
Ye gaed ower faur: shrewd Palamedes daurt
Tae lay our bairn afore the share sae you
Wad jouk the furr, whit wey he saw your faut
As feingit, madness acted but untrue.

Ma canny guidman lost

VII

Odyssey: Bk. IV, 722
Κλυτε φιλαι· περι γαρ μοι Ὀλυμπιος ἀλγε' ἑδωκεν
ἐκ πασεων ὁσσαι μοι ὁμου τραφεν ἡδ' ἐγενοντο·

Ye wept tae lea me, giein up tae fate
An Palamedes, sabbed for parents left
In their auld days, for bairnie nou bereft
O faither's guidance, scrat the wee dug's pate
Tae bid him eident gaird us sune an late,
Waesome tuik leave o aa, deplored the theft
O liberty that cast ye out tae heft
Your sword in outlan field, gang a sweir gait.
Och, hou I banned thon Helen, hou I swore
Anent that aith whilk riped me o ma ain:
Ma canny guidman, comfort, pride an glore,
Ma weal an heal aa lost tae her insane
Cravin for Paris an her Trojan splore,
Aa tribble steered for naething worth the pain.

20 | The Ithacan Sonnets

Whan ye were a babby

VIII

> *Odyssey*: Bk. XIX, 392
> νίζε δ' ἄρ' ἆσσον ἰοῦσα ἄναχθ' ἑόν· αὐτίκα δ' ἔγνω
> οὐλήν, τήν ποτέ μιν σῦς ἤλασε λευκῷ ὀδόντι

Ma son became ma aa, the dug our care,
While Euricleia fyked an telt her tale
O whan ye were a babby, hou ye'd scale
Your cradle's side tae gar her nurse ye, rair
Tae jyne the aulder lads; hou swith ye'd lair
Your schulewark; hou at sport ye'd niver fail,
Wi unco fettle cuid outplay the hail
O Ithaca. We kent by her hou sair
Your fuit wes, boar-scaured nou, efter the chase
Wi your guidsire Autolycus, thon thief,
Wha gied ye sleekit hairns, worth mair nor grace
O form an feature, lairned ye tae be chief
Amang the schemers, fitly haud your place
As our lang-heidit king, our laird maist lief.

The auld an ower-young

IX

Odyssey: Bk. II, 224
Μεντωρ, ὅς ῥ, Ὀδυσηος ἀμυμονος ἠεν ἑταιρος,
και οἱ ἰων ἐν νηυσιν ἐπετρεπεν οἰκον ἁπαντα,

Ye left us tint o fermhauns, stalwart kind
Tae till the soil, o fisherfowk tae net
The fruchts o ocean, tyauvin slaves tae get
The firewuid, hay tae maw an shaifs tae bind,
O wrichts tae big our graiths, ne'er caa'd tae mind
Thae tasks unfeenished, reuchly owerset
Our yearly roun tae pit your ship aflet:
Aa sailed wi ye, in earnest hope tae find
The spoils o weir ayont the wine-derk sea,
Lea'd tae the auld an ower-young your land,
Lea'd maids unwed an bairns unborn tae dree
A dreich-like weird. Yet aefauld faith made stand
The swineherd an the bouman true tae me,
Wi Mentor sworn tae tend our hamelt band.

Lassies in the hainings

X

Odyssey: Bk. IV, 110
ζωει ὁ γ' ἠ τεθνηκεν. ὀδυρονται νυ που αὐτον
Λαερτης θ' ὁ γερων και ἐχεφρων Πηνελοπεια
Τηλεμαχος θ', ὁν ἐλειπε νεον γεγαωτ' ἐνι οἰκῳ.

We warselt throu thae months that turnt tae years,

Wi guid Laertes fermin rigg an mead,

Wi lassies in the hainings castin seed,

Their bairnies pickin kennlin wi their peers

Whiles Telemachus waxed throu lauchs an tears

A muckle chiel, a fit son o your breed.

No aa wes dowie, ither mithers gied

Their help an easedom, shared ma hopes an fears.

Our babies played an focht wee weirs, nae soun

O your gret weir cam near, nae wey tae tell

Gin ye were leivin or gane hero doun

Tae Hades' haas; grief dwined an mindins snell

Grew dull for them, but aye I tholed the woun

O weedowheid unsiccar, waur nor hell.

26 | The Ithacan Sonnets

Anticleia dee'd

XI

Odyssey: Bk. XIV, 171
ἀλλ' ἤ τοι ὅρκον μὲν ἐάσομεν, αὐτὰρ Ὀδυσσεὺς
ἔλθοι ὅπως μιν ἐγώ γ' ἐθέλω καὶ Πηνελόπεια
Λαέρτης θ' ὁ γέρων καὶ Τηλέμαχος θεοειδής.

I held an apen house, aa welcome there
Tae frien ma laddie, gie him company
O ages wi himsel, let ithers pree
The bakes o Eurycleia, Mentor's lair,
Ploys wi Eumaeus, bairnly thochts tae share
Wi Anticleia ma guid-mither (she
Wes guid indeed!). The time passed by an we
Were thrang eneuch no ayeweys tae despair.
But Anticleia dee'd, Laertes gaed
Tae murn his lane, nou eildit, sad an slaw;
Mentor waxt bruckle, Eurycleia staid,
The bouman an the swineherd yet kep law
Amang our herds, twa faithfu lads wha prayed
Aye for your sauf retour, for seil tae daw.

Antinöus

XII

Odyssey: Bk. XVII, 499
Μαι', ἐχθροι μεν παντες, ἐπει κακα μηχανοωνται·
Ἀντινοος δε μαλιστα μελαινῃ κυρι ἐοικε.

Thon blue-ee'd goddess wha ye cry a frien
Niver lat dab tae me whaur fate wad jee
An sae I welcomed laddies, blithe tae see
Them joco wi ma ain; erst aa wes bien,
In twas an threes they cam by, jist a wheen
O teenage gawks aa pranks an daffery,
Glad o a waucht o ale an company,
Thinkin but tae respeck me as their queen.
Then Antinöus jyned them, sic a coof
Wha played the laird, wha made himsel at hame
As tho his richt, a sneisty chiel, the pruif
O an ill-guidit bairn: tae booze, tae game,
Tae wench – he shawed them hou aneath ma ruif
A bellihooin made a house o shame.

The dirdum sterted

XIII

> *Odyssey:* Bk. XI, 114
> ὀψε κακως νειαι ὀλεσας ἀπο παντας ἑταιρους,
> νηος ἐπ' ἀλλοτριης· δηεις δ'ἐν πηματα οἰκῳ,
> ἀνδρας ὑπερφιαλους, οἱ τοι βιοτον κατεδουσι
> μνωμενοι ἀντιθεην ἀλοχον και ἑδνα διδοντες.

Sae then the dirdum sterted. Rivals, they

Spak nou o weddin me, tae be the king,

Faa heir tae aa your gear, dae onything

That pleased their whim athouten mand tae pey.

Auld Mentor cuidnae maister them, naesay

Their nesty daeins, nor ma dear son bring

A mensefu pattren tae oor lives, or ming

Wi doucht an douceness whiles there wes adae.

Then ithers cam, drawn here by rumour's vyce,

Tae claim a lairdly gless, sniff roun the maids,

Tae feast upon our stores, tae sing, tae dice

An brag o petty daeins, escapades

O bairnheid an hou they wad be ma chyce

Out o that sellie croud o greedy glaids.

Sma luve they had for me

XIV

Odyssey: Bk. XVI, 108
ξεινους τε στυφελιζομενους δμωας τε γυναικας
ῥυσταζοντας ἀεικελιως κατα δωματα καλα,

Sma luve they had for me, jaloused I weel
Kingship, the gear I tentily had hained,
Baith drew them on tae woo: they but disdained
Ma dowie gizz whiles they cuid dance the reel
O Bogie wi ma servant wenches, pele
Their maidenheids in unions unsained,
Then mak them hures wi coupling unrestrained,
Their darg negleckit, housewark in a creel.
Why wad they seek a lass ayont her youth,
Wi doun-drapt tits aa knobbed frae giein suck
An krinkit belly? Why wi me be couth
Whan fresher flesh wes there? Whit brankie buck
Wad maw an auld wife, kiss a runkelt mouth –
Ainly ma royal state cuid mak it luck.

Ilka nicht I prayed for your hamecomin

XV

Odyssey: Bk. 1, 106
εὕρε δ' ἄρα μνηστῆρας ἀγήνορας· οἱ μὲν ἔπειτα
πεσσοῖσι προπάροιθε θυράων θυμὸν ἔτερπον
ἥμενοι ἐν ῥινοῖσι βοῶν, οὓς ἔκτανον αὐτοί·

The suitors gaithert here like flees roun shite,
Five score an echt, a swairm o them tae pick
A husband out o, nane wha woke a flick
O liking in ma hert sauf I were gyte.
I ettled tae discourage, thocht tae flyte
Upon their glaikit weys, mony a trick
I tried tae pit them aff, tae stall an hick,
Cast up at them their wastry, harm an spite.
For luve I had for you, nane ither made
Comparison wi ye or bore the gree
Abune ma lost Odysseus the braid
Warld ow'r: tho years had passed I griened tae gie
Masel tae ye, sin ilka nicht I prayed
That I micht live your hamecomin tae see.

By day I laid the weft, unloosed by nicht

XVI

> *Odyssey: Bk. II, 104*
> ἔνθα καὶ ἡματίη μὲν ὑφαίνεσκεν μέγαν ἱστόν,
> νύκτας δ' ἀλλύεσκεν, ἐπεὶ δαΐδας παραθεῖτο.

I had a norie tae be sleekit, vou'd
Ere I tuik ony guidman frae their ranks,
Lat ony pree ma lips or shed ma shanks,
I'd weave for auld Laertes sic a shroud
Wad sort wi his nobility; fu loud
I spak ma will, indulgence begged, wi thanks
I dressed ma lume, set up the warp, filled banks
An spule, tho meanin niver tae conclude:
By day I laid the weft, unloosed by nicht
Ma knackie wab an sae for three years lang
I played them fause until ma hidlins slicht
Betrayed wes by a maid, ma guile gaun wrang.
Laith then I feenisht it, sic wes ma plicht,
Nou thwarted in ma ettle by thon thrang.

There wes a stushie

XVII

Odyssey: Bk. II, 198
οὐ γαρ πριν παυσεσθαι ὀιομαι υἱας Ἀχαιων
μνηστυος ἀργαλεης, ἐπει οὐ τινα δειδιμεν ἐμπης,
οὐτ' οὐν Τηλεμαχον μαλα περ πολυμυθον ἐοντα,

The stew gaed on; they deaved me aye tae chuse
A man amang them, warin aa the while
Ma son's inheritance; they'd reive, defile
Our gear an daur me bare-faced tae refuse
Their wooin though wi ruse on thochtie ruse
I kep them aff, wad flaunter an resile.
Then Telemachus tuik a staun, the bile
O lang-pent anger gart him mense tae lose.
There wes a stushie. We heard reuch words ben
Ma chaumer, bangin doors, wi Mentor there
Seekin tae caum an smuir thae radgie men,
And ma puir son athouten word tae spare
His mither, dicht a ship, made sail tae ken
Gin news o ye wad e'er reward his care.

40 | The Ithacan Sonnets

Ma tears cam fluidin

XVIII

> *Odyssey: Bk. XVI, 409*
> Ἡ δ' αὐτ' ἀλλ' ἐνοησε περιφρων Πηνελοπεια,
> μνηστηρεσσι φανηναι ὑπερβιον ὑβριν ἐχουσι·
> πευθετο γαρ οὑ παιδος ἐνι μεγαροισιν ὀλεθρον·

Ma tears cam fluidin then: ma hope, ma gaird

Depairted, ma guid-faither an masel

At mercy o thae suitors! It befell

That they had eik a plot, they tae prepared

A ship an pit tae sea wi undeclared

Intent tae ambush, brutishly tae quell

Ma laddie, efterwards wi swords compel

Me an ma servants to obey, nane spared.

Or luck or bienly wunds dang doun their scheme,

Their ill-set purpose gaed agley; o peace

We had a spell, redd up the house, a dream

O noise an spulyie hushed, blithe our release

Frae drucken belly-rive – o mense a leam

Till they cam breingin back, gart easement cease.

42 | The Ithacan Sonnets

Then cam the beggar

XIX

Odyssey: Bk. XIII, 434
ἀμφι δε μιν ῥακος ἀλλο κακον βαλεν ἠδε χιτωνα,
ῥωγαλεα ῥυπoωντα κακῳ μεμορυγμενα καπνῳ·

Then cam the beggar. Ay, I shuid hae kent
Thon buirdly shape tho eildit twenty year,
But yet I thocht o ye as young, no sere,
Sae green a wife ye lea'd me, brou unbrent
An godlike cast ye had as hero sent
Frae hie Olympus. Nou in rags come near,
They lichtlied ye ill-mou'd wi sneist an sneer,
Misdoutin no that daith wad suin them hent.
I walcomed ye for tidings ye micht hae
O ma lost guidman, comfort frae your mou
Gied me a glisk o life ayont ma wae
An Euricleia weshed your feet aa throu
Ma kind behest: that wes a canny day
Yet little thocht I whit wad kythe or hou.

Outlan fowk were welcome

XX

> *Odyssey: Bk. XVIII, 73*
> Ἡ τάχα Ἶρος Ἄιρος ἐπισπαστον κακον ἑξει,
> οἱην ἐκ ῥακεων ὁ γερων ἐπιγουνιδα φαινει.

Ye'd loundered Irus, nae unwissed-for feat
Sin wi his gabbie tongue he gied a paik
Tae dacency. For mense an bienness' sake
Aa outlan fowk were welcome, fuid tae eat
An drink tae sup were theirs, ours no tae treat
Them sterely, hospitality no slake.
But efter ye were bathed, whan greinin-waik
I sat ma lane, I tent – tho yet did greet –
The hidlins smirkle Eurycleia wore:
Then bauld Eumaeus held up hie his heid,
Niver the beggar scaud did nor deplore.
The bouman whustled at his darg like we'd
No heard him, an I learnt that days afore
Auld Argos wagged his walcome ere he dee'd.

Wine an roast they splairg'd

XXI

> *Odyssey*: Bk. II, 237
> σφας γαρ παρθεμενοι κεφαλας κατεδουσι βιαιως
> οἶκον Ὀδυσσηος, τον δ' οὐκετι φασι νεεσθαι.

I worried for ma son wha bude tae host
Our gutsie guests, but spent ow'r muckle time
Appeasin them whan ilka day their crime
Despoilit flock an aumry; wine an roast
They splairg'd in pangit wame an drucken toast
That cuid hae fed the puir, athout a skime
O thocht unsellie; gilravagin prime
O breid an maet, thanks tint in girn an boast.
I gied ma son a chawin, then telt strecht
Thae menseless louns that richtly they shuid shaw
Rich gifts whan they cam courtin, shuid aa hecht
Braw guids an rare, fine plenishins tae staw
Ma bienly house an gie an honest wecht
Tae their intent tae wed athin the law.

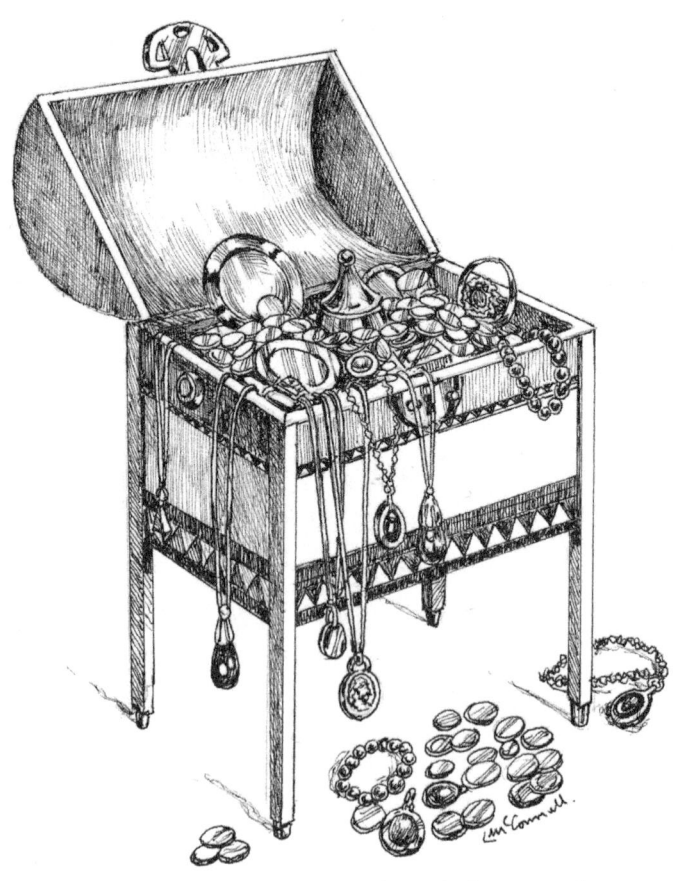

They gied me gowd an gear

XXII

Odyssey: Bk. XXI, 73
ἀλλ' ἀγετε, μνηστηρες, ἐπει τοδε φαινετ' ἀεθλον.
θησω γαρ μεγα τοξον Ὀδυσσηος θειοιο·

Ashamit nou they gied me gowd an gear,
Fine costly jewelry an cleidin rare,
A sma pairt o the sum cuid weel repair
Our losses: then I glisk'd a smile appear
Upon the beggar's gizz, a leam pit cheer
Intil his ee – wi suddenty his air
Brocht ye tae mind. But fasherie yince mair
Ding'd aa, a quid pro quo they socht, a sweir
Condition o their gifts: I'd get tae hain
These gif a husband o their croud I pick'd.
Ma new-fund smeddum gart repone be plain:
I telt them I wad no wey interdict
But ainly he ma haund an hert cuid gain
Wha cuid Odysseus' bow aim true an strict.

I kent they'd fail tae string the bow

XXIII

Odyssey: Bk. XIX, 576
νυν δε μνηστηρεσσιν ἀεθλον τουτον ἐφησω·

I'd sweir debatit whit wile tae employ

Tae jouk a waddin, gar the suitors skail.

I'd drapp'd the hint that nae mon wad prevail

Whit time ma laddie wes a daeless boy,

An nou I thocht, stalwart in ma annoy,

I'd pit them tae the test suiner nor wale

A groom amang them – tho I kent they'd fail

Tae string the bow, wad sae their case destroy.

I pensed again as aft in days gane by

Whilk daubler as ma guidman I cuid thole:

The rudas Antinöus nae wey I

Wad iver tak, nor cuid I eith control

The sleekit Eurymachus; as for fly

Leodes, he wad niver fit the rôle.

A stotter o a bow

XXIV

> *Odyssey: Bk. XXI, 55*
> ἑζομενη δε κατ' αὐθι, φιλοις ἐπι γουνασι θεισα,
> κλαιε μαλα λιγεως, ἐκ δ' ᾑρεε τοξον ανακτος

A stotter o a bow, ma daut, delicht
Tae haud an clap, ma comfort aa thae years
As lanesome weedow, whan I wept sad tears
Tae grup the spirlie wuid, joyed at the sicht
O ma luve's bonny wappen, doucely dicht
The stour, syne waxed it, telt it o ma fears
That ye wad no come hame, saft cursed aa weirs,
But blest the strenth, the arrows' daithly flicht.
I heftit it again, again I grat,
Thinkin that lesser men maun try tae rax
It, threid the string (nae easy trauchle that!),
Then shuit the bolt throu ilka ringèd axe:
Wi flesh ow'r sappie, muscles run tae fat,
They'd no cuid haud it ticht athin their glacks.

54 | The Ithacan Sonnets

I cairried doun the bow

XXV

> *Odyssey*: Bk. XXI, 80
> Ὣς φάτο, καὶ ῥ' Εὔμαιον ἀνώγει, δῖον ὑφορβὸν,
> τόξον μνηστήρεσσι θέμεν πολιόν τε σίδηρον.
> δακρύσας δ' Εὔμαιος ἐδέξατο καὶ κατέθηκε·

I cairried doun the bow, twa maids ahint
Laden wi axes, arrows; swithered no
Tae speak ma mind, bid them nou try the bow,
Win me wha cuid it shuit. I didnae stint
Tae ee them ow'r, thocht gin it were ma mint
Tae wed, o aa thae louns I'd lief bestow
Ma haund on wise-like Amphinomus tho
I'd niver luve, ma hert wad no be in't.
But something wes adae: the waas were bare
O tairge an armour, stuff lang hingin cauld
Nou lock'd awaa throu Telemachus' care,
But that's no why I deemed him grown ow'r bauld
For fidgin fain ma son seemed, flocht o air,
As some new wechty darg bude tae unfauld.

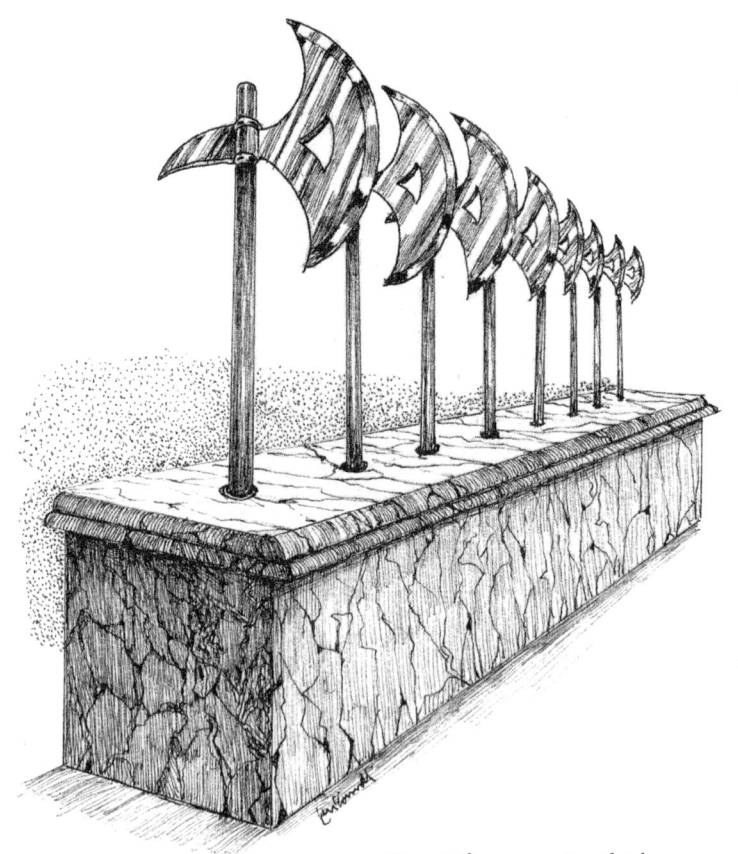

He set the axes strecht in a raw

XXVI

> *Odyssey*: Bk. XXI, 314
> ἐλπεαι αἴ χ' ὁ ξεινος Ὀδυσσηος μεγα τοξον
> ἐντανυσῃ χερσιν τε βιηφι τε ἡφι πιθησας,
> οἰκαδε μ' ἀξεσθαι και ἑην θησεσθαι ἀκοιτιν;

He set the axes up, strecht in a raw,
Syne socht tae bend the bow, syne ettles quit
An daured the suitors shaw their mettle, pit
Their strenth again the wappen sin sae braw
A wife awaited whamsae e'er cuid draw
Thon michty thing, tak aim an truly hit
The axe-rings. Then Leodes tried, nae whit
He muived it an the lave fell shtum, nae blaw
O hou they'd win but talk o tallow, fire
Tae heat, mak souple: then the beggar speirt,
Efter they'd vainly tyauvit, he'd aspire
Tae hae a shot. Thae coofs said na. No feart,
I said he shuid. Ma son bade me retire,
Dae weemen's wark, he'd see the stranger gear't.

58 | The Ithacan Sonnets

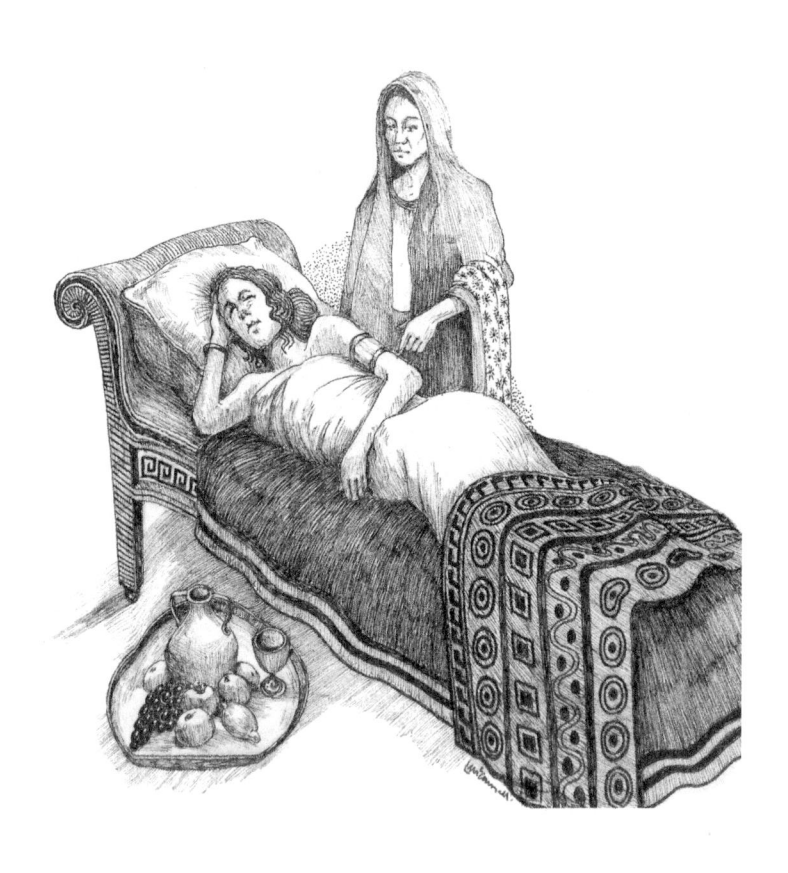

Eurycleia waukent me wi skirls

XXVII

Odyssey: Bk. XXIII, 5
Ἔγρεο, Πηνελοπεια, φιλον τεκος, ὀφρα ἰδηαι
ὀφθαλμοισι τεοισι τα τ' ἐλδεαι ἡματα παντα.

I won awa, ma bairn wi new respeck
I luved, come tae a mon, the maister nou
Athin the house, baith canny he an true
Sae like his faither. Doors wi lock an sneck
Closed ticht ahint me an I cuidnae check
Ma tears. I wept an slept, but sic a fou
Sweet sleep athout a dream, peace tae come throu
Ma waes, ligg quiet unfash'd by thocht or feck.
But Eurycleia waukent me wi skirls –
"Odysseus is hame! Rise, leddy mine!
Come walcome him!" Her byous jinks an tirls
Gar't me believe her doitit but she syne
Telt me he wes the beggar; unco dirls
Shook aa ma liths, misdoubt I slaw did tyne.

Like an unlike ma guidman

XXVIII

> Odyssey: Bk. XXIII, 62
> ἀλλ' οὐκ ἐσθ' ὅδε μυθος ἐτητυμος, ὡς ἀγορευεις,
> ἀλλα τις ἀθανατων κτεινε μνηστηρας ἀγαυους,
> ὑβριν ἀγασσαμενος θυμαλγεα και κακα ἐργα.

I'd dover'd an sae missed the haill stramash,

The slauchter, but tho I'd no daur complain

An orra thocht beset me on the slain

That they had mithers tae wha'd curse the clash

O daith bocht ower young, wha'd likely gash

O vengeance. In the haa I gaed – nae stain

Befylt the place, whaur corps had lately lain

Wes cleanness, scour'd o bluid, nae mout o brash.

An there the stranger sat, tae beg nae mair

For orrals but I deem'd him outlan still,

Like an unlike ma guidman. Nou ma care

Wes caution, no lat an imposter fill

The kinglyke pairt, gie luve or tentless share

Ma bed, o hame an kinryk hae his will.

The stranger bade him wheesht

XXIX

> *Odyssey: Bk. XXIII, 162*
> ὡς μεν τῳ περιχευε χαριν κεφαλῃ τε και ὠμοις.
> ἐκ δ' ἀσαμινθου βῆ δεμας ἀθανατοισιν ὁμοιος·

Tongue-tethert luik'd I on him, seelent he
Keek'd back at me, a pawkie glisk akin
Tae ma Odysseus' smile. Ma bairn brak in,
Upcast ma cauldness, sae I telt him we
Had sacrets hained atween us, gae lat be.
The stranger bade him wheesht, telt him begin
The souns o music, tae bumbaze an win
The neibours' thochts tae waddins, wanluck free.
The stranger's cast, nou weshed an finer clad,
Gart me him weel admire tho I aff-pit
Affection's shaw; he shrugged, luiked dour, then bad
The maid lay out a bed, his lane in it
He'd sleep. Swith I rebat an speirt her stad
Our gret bed out ma chaumer, dae a flit.

64 | The Ithacan Sonnets

Your strang airms return'd ma embrace

XXX

Odyssey: Bk. XXIII, 182
Ὦ γυναι, ἦ μαλα τουτο ἐπος θυμαλγες ἐειπες·
τις δε μοι ἀλλοσε θηκε λεχος; χαλεπον δε κεν εἰη

That wes ma test: ye spak in wrath extreme
An socht tae ken wha'd freed it up frae roun
The leivin tree, whit gowk had whack'd that doun
Tae loose the timmers, heidbuird, lath an beam,
Whilk he sae graithly wrocht. Wes it ma scheme
Or wes it wrack'd by some inbearin loun? –
Ma hert gaed duntin at your weel-kent froun,
I lauch'd, I sabbed, wi kisses gart redeem
Ma sair misdoubts. Your strang airms ma embrace
Return'd fu blithesome, tears stream'd frae your een,
Wi daut an greet we blether'd, pray'd that grace
Wad sain anew our marriage, spak a wheen
O luvin haivers till the nicht gied place
Tae streiks o day-daw east in heaven seen.

I tuik ye tae our bed

XXXI

> Odyssey: Bk. XXIII, 231
> Ὡς φατο, τῳ δ' ἐτι μαλλον ὑφ' ἱμερον ὠρσε γοοιο·
> κλαιε δ' ἐχων ἀλοχον θυμαρεα, κεδνα ἰδυιαν.

I tuik ye tae our bed, thon stark trunk shaw'd,

Bauk-thrappelt, throu lang years waxt bulgin out

Ow'r jeests that stievely held it, tho sae stout

The tree had sent our bed ajee; ye saw'd

The brainches aff langsyne, cut aa that graw'd,

But ither spirls had brairdit frae a root

Auld an on life. Ye'll fettle it, nae dout,

Gar it no shoogle, bear your wecht unflaw'd.

Time for that efter, luve maun nou precede

On that same bed ye biggit, saft an snod

Whaur I a lassock lay an ye your seed

Sow'd fouthie in me: linen fresh, pluff't cod,

Aa braw, but efter aa thae years unpree'd,

I felt sma thrill tho ye're ma laird an god.

68 | The Ithacan Sonnets

Your tales were stow'd wi birr

XXXII

Odyssey: Bk. XXIII, 300
Τω δ' ἐπει οὐν φιλοτητος ἐταρπητην ἐρατεινης,
τερπεσθην μυθοισι, προς αλληλους ἐνεποντε,

Gif hochmagandy wesnae whit whan young
We fund sae guid, your tales were stow'd wi birr.
Ye swore them true, or mebbes lee'd wi virr,
But I, mim wife, ne'er question'd whit your tongue
Fair-farrand spak o whit the siren sung,
Or ane-ee'd fowk ye blindit, or o hir
Ye cried Charybdis, Scylla's veecious tirr
That gar't her eat your men, o hou ye clung
Nine days tae your ship's keel, hou on the strand
O slee Calypso's isle the sea ye set.
I cuid believe thon wuiden horse ye planned –
Your mense an wit wad likely that beget –
An thae Phaeacians helped ye hame tae land –
The treasures they bestowed bear witness yet.

Wanrestfu peace

XXXIII

Odyssey: Bk. XXIV, 542
Διογενες Λαερτιαδη, πολυμηχαν' Ὀδυσσευ,
ἰσχεο, παυε δε νεικος ὁμοιιου πολεμοιο,

I kent there'd be mair tribble; whit men lairn
Frae weir is naething wyce. Kill or be kill't,
The waikest tae the waa. Ma hert wes fill't
Wi dreid for auld Laertes, for ma bairn,
Baith fechtin-fou ahint ye, in your hairn
Ae thocht o bestin hamelt faes, bluid spill't
Whan concord shuid be socht. The scrimmage still't
Whan aulder heids vyced counsel an consairn.
The deid gat brunt or yirdit, murnin chiels
Made mane but drapp'd their spears, blithe o release
Frae brulyie, weemin grat but backed appeals
For caum, fowk cried ye king, bade ye then cease
Ill vengeance sae, atween the jigs an reels,
Your island kingdom won wanrestfu peace.

Ye haivered o ghaists

XXXIV

Odyssey: Bk. XXIII, 248
Ὦ γυναι, οὐ γαρ πω παντων ἐπι πειρατ' ἀεθλων
ἠλθομεν, ἀλλ' ἐτ' ὀπισθεν ἀμετρητος πονος ἐσται,

We cuid hae eithly gaun our hamely weys
But vaigin nou wes habit wi ye an,
Crabbit, tae fyke an fidge ye sune began.
Ye'd telt your tales tae ony wha wad prize
Their uncos, fack or fiction; but disguise
O feingit mense smuir'd no your boredom whan
The rule o kinrick caa'd. No for tae ban,
Ye bit your lip, cuid dreich routine despise.
Ye'd wyte the sea-god o your lang delay,
In raxin hame, spak o his bitter rage,
Haivered o ghaists that counselled ye tae stay
His laith wi yet anither pilgrimage,
Vou tae gie offerings, nae mair mismay
But leal in far-aff lands his wrath assuage.

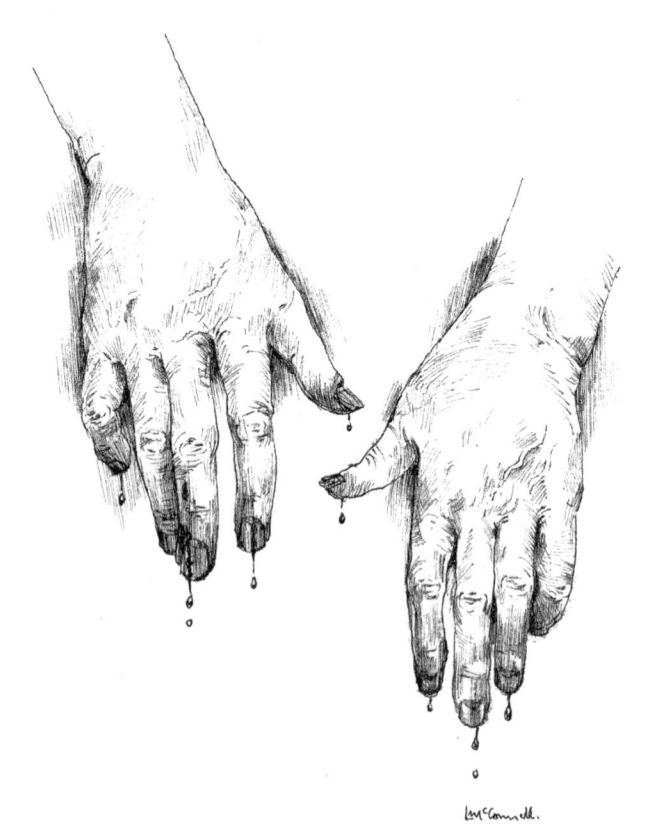

A man wi bluided haunds

XXXV

> *Odyssey*: Bk. XXIII, 276
> και τοτε μ' ἐν γαιῃ πηξαντ' ἐκελευεν ἐρετμον,
> ἐρξανθ' ἱερα καλα Ποσειδαωνι ἀνακτι,

Tae blame the gods is easy: Helen did,
I hae nae doubt, lauch'd blithesome whan she melled
Moggans wi her Trojan. Her sister held
It guid excuse for murther. Did they bid
Her plot her guidman's daith, or sen the tid
Gart Helen scorn her man? Gods cuid hae stelled
The stew. Na, thae twa limmers shairly swelled
Wi luve o sel, aa sense an sound thocht hid
In vanity. Fancy no fate spelled wrack
O hamelt peace, felled in their flouer the best
Amang our sons an brithers, sent me back
A man wi bluided haunds wha wadnae rest
Frae his stravaigin, gyte for raeds tae tak
Whaur fresh adventure beckoned forder quest.

I grat frae anger

XXXVI

> *Odyssey: Bk. XXIII, 266*
> οὐ μεν τοι θυμος κεΧαρησεται· οὐδε γαρ αὐτος
> χαιρω, ἐπει μαλα πολλα βροτων ἐπι ἀστε' ἀνωγεν
> ἐλθειν, ἐν χειρεσσιν ἐχοντ' εὐηρες ἐρετμον,

Ye fereless gaed, a lanesome rinagate,
On thon lest venture, willyart aye an laith
Tae quit your purposed journey, haudin faith
A's iver in your strenth tae gang the gate,
Your canny smeddum an your trust that fate
Wad no pruive fause but lat ye keep your aith
Tae please Poseidon, thinkin no o skaith
Wi but an oar for airm again man's hate.
Ma tears were no for luve this time: I grat
Frae anger, wishin ye the sense tae stey
At hame here, ugg'd nou wi your horn daft plat
Tae gang by land, forsake the sea, deny
That ye were wearin doun the brae – but that
Gart ye but forrit haud, guid mense defy.

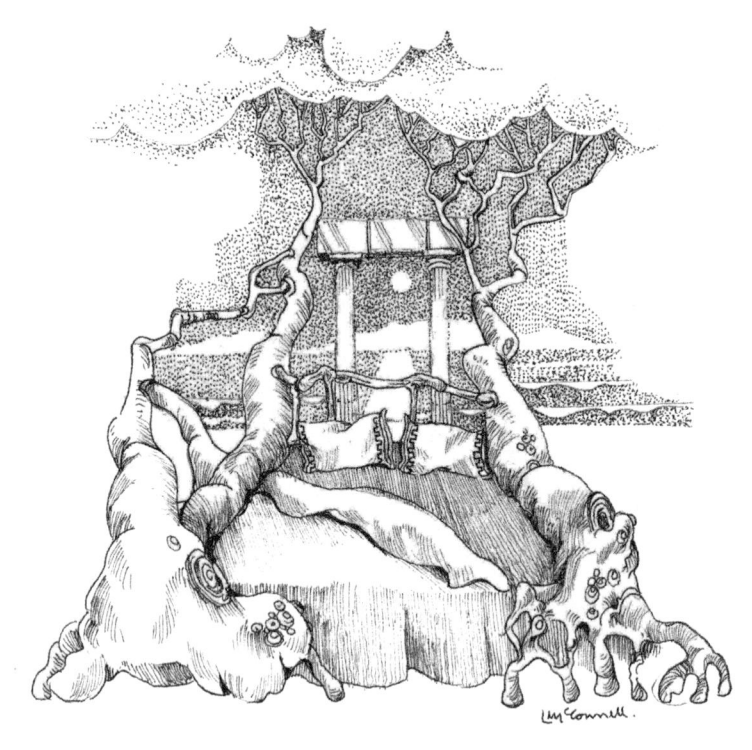

Ma tume bed

XXXVII

Odyssey: Bk. XXIII, 250
πολλος και χαλεπος, τον έμε χρη παντα τελεσσαι.

Our isle wes lorn o younkers; butchered maist
Athin our house, thae idleset wha swyved
Our servant lassies; ithers tyauved an thrived
At boutgate on their ferms, their hainings paced
Tae plou an cast the seed, no joug an waste,
Sons o tint faithers by Troy's weir deprived.
Eumaeus an the bouman, housed an wived
By ye, had earned their leisure. Nane wes placed
Tae gang ahint ye, keep ye siccar, yare
Tae wag a spear or hunt your maet. Ye'd dee
Unkent, alane. Aince mair I'd bruik ill fare,
Uncertain weedowheid, ma tume bed dree,
Forhooit, dowf an wae, nocht tae prepare
Sauf for ma hame-gaun: I wes mad at ye.

80 | The Ithacan Sonnets

I watched lang

XXXVIII

> *Odyssey*: Bk. XXIII, 285
> Τον δ' αὐτε προσεειπε περιφρων Πηνελοπεια·
> "Εἰ μεν δη γηρας γε θεοι τελεουσιν ἀρειον,
> ἐλπωρη τοι ἐπειτα κακων ὑπαλυξιν ἐσεσθαι."

We bade fareweel upon the strand, watched lang
The boat that tuik ye ow'r the strait whaur Greece
Streeked boundless on the ither shore, prayed peace
Upon your raed. A tait o haar then dang
The sun ahint a cloud. A dulefu sang
Keened in ma hert, tae grief I gied release,
Then hameward turn'd, thocht cark wad aye increase:
I lippent tae our bairn, grawn wise an strang.
Our Telemachus niver tint guid sense
But ran the kingly darg fu canny like,
As ye had ere ye tint auld-farrant mense;
Sae life gaed forrit, naething sair tae fyke
Or fash us but the tash o eild. Faur hence,
Ye micht be deid, creels cowp'd in sheuch or syke.

82 | The Ithacan Sonnets

A tautit cheil

XXXIX

> *Odyssey*: Bk. XI, 134
> πασι μαλ' ἑξειης· θανατος δε τοι ἐξ ἁλος αὐτῳ
> ἀβληχρος μαλα τοιος ἐλευσεται, ὁς κε σε πεφνῃ
> γηραι ὑπο λιπαρῳ ἀρημενον· ἀμφι δε λαοι
> ὁλβιοι ἑσσονται. τα δε τοι νημερτεα εἰρω.

Ae day, whan hope had dwined, a tautit cheil
Cam tirlin at the pin, puir saul, nae hair
Tae croun his heid, wi jynt-ill stith an sair,
But on his gizz a smirk. I kent ye weel
This time, ma man come hame an walcome, deil
A mout o rue for leain us, your flair
For story-tellin ferlie yet. Ma care
Wes erst tae wesh him (Eurycleia's heal
Had sent her donnert), cleid him, caa for maet
Tae mak a foy: the bouman's coos, wi swine
Frae guid Eumaeus, fuid tae celebrate,
Bid Telemachus bring the finest wine,
Come aa tae feast, tae hear whit ye'd relate
O fowk wha ne'er saw sea or tastit brine.

The leivin tree gies anchor

XL

> *Odyssey*: Bk. XXIII, 199
> ἐκ δε του ἀρχομενος λεχος ἔξεον, ὄφρ' ἐτελεσσα,
> δαιδαλλων χρυσῳ τε και ἀργυρῳ ἠδ' ἐλεφαντι·

Ye'd fettled braw our bed, nou ilka nicht
An pairt o day we ligg, seek easement sweet
Frae grips an stang, sma wish in our retreat
For aucht but fereship, seldom hae ye micht
Tae lift a leg, but aye ye tak delicht
In claikin o your exploits, o the freit
That gart ye tak an oar, hou ye did meet
Wi ane that cried it fanner, hou ye dicht
An altar tae the sea-god: aft telt tales
I thole, your haiverins o weir an tide,
The wine-derk sea, the bruckle spars an sails,
Whiles siccar frae the storm, your bouk beside,
The leivin tree gies anchor, niver fails
Tae haud the bed, lang efter us wull bide.

Notes to Sonnets

Title Penelope's name was really Penelopeia, but I have left it quadrisyllabic.

I

In Pausanias' *Description of Greece*, Bk 8.12.5, she had a son Ptoliporthes by Odysseus, but he also cites Thesprotis, a poem which alleges that Penelope was cast out by Odysseus for bringing her paramours into his house. See also *The Authoress of the Odyssey*, chapter 5, and *Homer's Daughter* p. 157.

Circe has 2 syllables, Nausicaä has 4.

II

Helen was abducted by Theseus as a girl but rescued by her brothers, Castor and Pollux. Her suitors swore an oath (the Oath of Tyndareus, her father) promising to help the winning suitor if any similar trouble befell her. The irony here is that Odysseus proposed the oath.

Odysseus has 4 syllables.

III

Some stories allege that Odysseus gained Penelope as a wife by winning a foot race, others that Laertes, his father, arranged the match.

IV

Olive trees can live a long time, up to 1500 years with an average of 500 years. The oldest ones known are at Vouves in Crete, at least 2000 years old and still producing olives, and one at al Badawi in Bethlehem, possibly between 4000 and 5000 years old. Research is not precise about either.

V

Argos the dog survived until Odysseus returned home, twenty years later.

VI

Palamedes (4 syllables) was sent to Ithaca by Agamemnon to fetch Odysseus in fulfilment of his oath. See note to **II** above. Later accounts suggest that Odysseus never forgave him and was complicit in his death and/or betrayal. Maybe Odysseus was jealous because Palamedes was a clever cheil.

VIII

In the *Odyssey*, there are Eurycleia the nurse and Eurynome the housekeeper. I have gone along with Robert Graves, whose authoress says on p. 158: *I also got into difficulties by first calling Eurycleia 'Eurynome' and then forgetting and using her real name; so later on I had to pretend there were two of her.* So there is only Eurycleia here.

Autolycus was father of Anticleia, Odysseus' mother, a successful robber, renowned for his cunning. Odysseus got the famous scar on his foot in a boar-hunt with him.

IX

Mentor was a close friend of Odysseus, left in charge of Telemachus when Odysseus went to war. The swineherd was Eumaeus and the cowherd or bouman Philoetius. See also **XI**.

The 'wine-derk sea' is a tribute to E. V. Rieu's translation (wine-dark sea). See also **XL**.

X

Laertes has 3 syllables.

XI

Anticleia and Laertes were Penelope's in-laws.

XII

The blue-eyed goddess is Athene, who was very fond of Odysseus, stood by him through thick and thin.

Antinöus (4 syllables), with Eurymachus, became one of Penelope's most vocal suitors.

XIV

Eurycleia was Odysseus' wet-nurse but she would be too old to breastfeed Telemachus when he was born. It is likely that Penelope was a more modern mother than Anticleia and suckled Telemachus herself: hence the drooping breasts and knobby nipples. She would be in her mid to late thirties at a time when humans aged more quickly.

XIX

Eurycleia knew Odysseus by his scar (see note to **VIII**).

XX

Irus saw Odysseus as a rival beggar and they fought with the suitors' connivance. Odysseus trounced him.

Argos the dog, see note to **V**.

XXIII

Leodes (3 syllables) was a priest to the suitors. He begs mercy from Odysseus, saying he tried to dissuade the others from their goings on, but gets killed anyway.

XXIV

The aim would be to shoot an arrow through the rings on all the axe-heads. Possibly rings to hang them up?

XXV

Amphinomus was the most polite of the suitors.

XXVIII

Thanks to Athene, Penelope slept through the killings and cleaning.

XXXI

Olive tree - see note to **IV**.

XXXII

Maybe the wooden horse was a fantasy too. See James Elroy Flecker's take on it, below. However, Helen talks about it in *Odyssey* Book 4, and Virgil tells the story of it in *Aeneid* Book 2.

XXXIV

Odysseus claimed that the prophet Tiresias had told him, on a visit made to Tiresias in the Underworld, how to get home safely and how to assuage the sea-god's hostility by going on this last pilgrimage. See Tennyson's thoughts on that, below.

XXXV

Helen's sister was Clytemnestra, who helped Aegisthus kill her husband Agamemnon when he returned from Troy.

XXXIX

No tirling pins have as yet been found in Ithaca by archaeologists.

James Elroy Flecker, *The Old Ships*, v. 2

But I have seen,
Pointing her shapely shadows from the dawn
And image tumbled on a rose-swept bay,
A drowsy ship of some yet older day;
And, wonder's breath indrawn,
Thought I – who knows – who knows –n but in that same
(Fished up beyond Æaea, patched up new
– Stern painted brighter blue –)
That talkative, bald-headed seaman came
(Twelve patient comrades sweating at the oar)
From Troy's doom-crimson shore,
And with great lies about his wooden horse
Set the crew laughing, and forgot his course.

Alfred Tennyson, *Ulysses*, v. 1

It little profits that an idle king,
By this still hearth, among these barren crags,
Matched with an aged wife, I mete and dole
Unequal laws unto a savage race,

That hoard, and sleep, and feed, and know not me.
I cannot rest from travel; I will drink
Life to the lees. All times I have enjoyed
Greatly, have suffered greatly, both with those
That loved me, and alone; on shore, and when
Through scudding drifts the rainy Hyades
Vext the dim sea. I am become a name;
For always roaming with a hungry heart
Much have I seen and known – cities of men
And manners, climates, councils, governments,
Myself not least, but honored of them all,–
And drunk delight of battle with my peers,
Far on the ringing plains of windy Troy.
I am a part of all that I have met;
Yet all experience is an arch wherethrough
Gleams that untraveled world whose margin fades
For ever and for ever when I move.
How dull it is to pause, to make an end,
To rust unburnished, not to shine in use!
As though to breathe were life! Life piled on life
Were all too little, and of one to me
Little remains; but every hour is saved
From that eternal silence, something more,
A bringer of new things; and vile it were
For some three suns to store and hoard myself,
And this gray spirit yearning in desire
To follow knowledge like a sinking star,
Beyond the utmost bound of human thought.

Books of interest

Atwood, Margaret, *The Penelopiad*, 2005.
Butler, Samuel, *The Authoress of the Odyssey*, 1897, reprinted 1967.
Finley, M. J., *The World of Odysseus*, 1954, Pelican 1972.
Graves, Robert, *Homer's Daughter*, 1955, Penguin 2012.
Joyce, James, *Ulysses*, 1st complete edition, Paris 1922.
Pausanias, *Description of Greece*, c. 150-180 AD, several modern editions.
Robson, Frances, *Penelope McOdyssey*, unpublished poem.

Translations into English, Scots and Gàidhlig

There are 61 or more translations into English of *The Odyssey*. Too many to cite here but easily found online.

In Gàidhlig, there is *Odusseia Homair* by Iain Mac Gilleathain, 1976. See also Niall O'Gallagher's poem *Penelope*, which is not a translation.

In Scots, there is William Neill's *Tales frae the Odyssey o Homer*, 1992. John M. Tait has a translation of lines 1-75, *Da Odyssey*, in Shetlandic in *Lallans* 60. Also J. Roddie's translation in progress (see *Lallans* 99 for the Cyclops and *Lallans* 101 for Scylla and Charibdis).

There maybe others that I have not yet come across, so I apologise if I have missed any.